In 80 Tagen um die Welt

Am Ende seiner Reise um die Erde hat Phileas Fogg eine große Summe an Geld ausgegeben. Um wie viel handelt es sich?

- fast 25.000 Pfund
- fast 10.000 Pfund
- fast 19.000 Pfund

IN 80 TAGEN UM DIE WELT

Wann wurde die „Union Pacific Railroad" eingeweiht?

am 11. Juli 1871

am 23. Oktober 1867

am 17. September 1852

Wie viele Sekunden vor Ablauf der vereinbarten Zeit erreicht Phileas Fogg den Herrenclub?

7 Sekunden

3 Sekunden

10 Sekunden

Der Haftbefehl des Inspektors Fix gilt nur auf britischem Boden. Welcher Ort gehört als letzter der Reiseroute zum britischen Territorium dieser Zeit?

Suez

Hongkong

Allahabad

N
E
S
W

Die Reisenden durchqueren einen Großteil der USA in einer Dampfeisenbahn. Welches Ereignis verzögert ihre Weiterfahrt?

Der Brennstoffvorrat ist aufgebraucht.

Der plötzliche Tod eines Mitreisenden.

Eine Bisonherde blockiert die Schienen.

In 80 Tagen um die Welt

Zeit und Zeitumstellung spielen im Roman eine bedeutende Rolle. Wie viele Minuten müssen bei einer Reise nach Osten pro Längengrad addiert werden?

4 Minuten

10 Minuten

8 Minuten

In 80 Tagen um die Welt

An welchem Tag beginnt Phileas Foggs Reise um die Erde?

am Mittwoch, den 2. Oktober 1872

am Freitag, den 4. November 1872

am Dienstag, den 15. September 1872

Jules Vernes visionäre Werke prägten Generationen von Leserinnen und Lesern rund um die Welt. Was trägt zu Ehren Jules Vernes dessen Namen?

eine Insel

ein Vulkan

ein Mondkrater

Jules Verne ließ sich bei der Erschaffung der Romanfigur Phileas Fogg von einem realen amerikanischen Abenteurer inspirieren. Wie lautete sein Name?

Phileas George Johnson

William Perry Fogg

Matthew Steven Meyers

Nach der Rechnung des „Morning Chronicle" dauert die Schifffahrt von Suez nach Bombay

24 Tage.

13 Tage.

7 Tage.

Wie Phileas Fogg war auch Jules Verne Mitglied eines renommierten Londoner Gentlemen's Clubs. Dieser hieß

Travellers Club.

Reform Club.

Athenaeum Club.

Jules Vernes Roman erschien unter dem Titel „Reise um die Erde in 80 Tagen“ erstmals im Jahr …

1888.

1873.

1820.

Um Aouda vor dem Scheiterhaufen der Brahmanen zu retten, verkleidet sich Passepartout kurzerhand als

verstorbener Ehemann Aoudas.

hinduistische Gottheit.

britischer Offizier.

In 80 Tagen um die Welt

Bei seiner Rückkehr begrüßt Phileas Fogg seine Clubfreunde mit den Worten:

„Hier bin ich, meine Herren."

„Haben Sie auf mich gewartet, meine Herren?"

„Wette gewonnen, meine Herren!"

Die Gesamtreiseroute von Phileas Fogg beträgt

39.000 km.

42.000 km.

31.000 km.

In 80 Tagen um die Welt

Vor Antritt seiner Reise mit Phileas Fogg vergisst Passepartout,

ein Fenster zu schließen.

die Gasheizung abzustellen.

genügend Socken einzupacken.

Wie schafft es Phileas Fogg, das Schiffskommando auf der „Henrietta“ zu übernehmen?

Er besticht Kapitän Speedy mit Geld.

Er sticht ohne Kapitän Speedy in See.

Er sperrt Kapitän Speedy in seine Kabine.

In Yokohama schließt sich Passepartout einer Gruppe von Zirkusartisten an. Wie lautet ihr Name?

Die Langnasen

Die Weitflügler

Die Großfüßler

In 80 Tagen um die Welt

Wie lautet der Name des Elefanten, auf dem Phileas Fogg und Passepartout ein Stück ihrer Reise zurücklegen?

Lafi

Kiuni

Monai

In 80 Tagen um die Welt

Wann muss Phileas Fogg zurück im Reform-Club von London sein, um seine Wette zu gewinnen?

am 21. Dezember um 8.45 Uhr abends

am 20. Dezember um 7.32 Uhr abends

am 21. Dezember um 11.50 Uhr morgens

Bei folgendem Titel handelt es sich nicht um einen Roman von Jules Verne:

- Reise zum Mittelpunkt der Erde
- Reise um den Mond
- Reise durch die Zeit

In welcher französischen Stadt wuchs Jules Verne auf?

in Giverny

in Nantes

in Marseilles

In 80 Tagen um die Welt

Inspektor Fix verfolgt Phileas Fogg im Namen des Gesetzes um die ganze Welt. Welches Verbrechen soll er angeblich begangen haben?

Bankraub

Einbruch

Brandstiftung

Wann wurde Jules Verne geboren?

- am 25. Juni 1815
- am 12. Mai 1821
- am 8. Februar 1828

Seinen Durchbruch als Schriftsteller hatte Jules Verne im Jahre 1863 mit seinem ersten Roman. Wie lautete der deutsche Originaltitel dieses Buches?

Reise um die Erde in 80 Tagen

Reise zum Mittelpunkt der Erde

Fünf Wochen im Ballon

In 80 Tagen um die Welt

Womit beweist Aouda Phileas Fogg zum Ende des Romans ihre Zuneigung?

Sie macht ihm einen Heiratsantrag.

Sie zahlt ihm seine Reisekosten zurück.

Sie dankt ihm mit einem Kuss.

In 80 Tagen um die Welt

Im Roman wird ein bestimmtes Transportmittel nicht genutzt. Um welches handelt es sich?

Heißluftballon

Segelschlitten

Elefant

In 80 Tagen um die Welt

Womit macht Phileas Fogg den bereits aus Schanghai ausgelaufenen amerikanischen Dampfer auf sich aufmerksam?

- mit einer kleinen Bronzekanone
- mit einer großen Flagge
- mit einem goldenen Spiegel

Phileas Fogg ist Mitglied des

Königlichen Instituts
von Großbritannien.

Reform-Clubs von London.

Instituts der Vereinigten Künste
und Wissenschaften.

Rätselempfehlung

Dieses Quiz ist alleine oder in einer beliebig großen Gruppe lösbar.

Das Quiz besteht aus 40 Fragekarten mit je drei Antwortmöglichkeiten, von denen immer eine richtig ist. Um den Überblick zu behalten, empfiehlt sich für das gemeinsame Rätseln in einer Gruppe ein Notizzettel und ein Stift, um die richtigen Antworten zu notieren.

Ablauf: Vor Beginn des Spiels werden die Karten gemischt. Die Person, die zuletzt verreist ist, darf die erste Karte vorlesen, ohne jedoch die Symbole vor den Antwortmöglichkeiten zu nennen. Das Symbol auf der Rückseite der Karte verrät, welche Antwort die richtige ist. Ziel ist es, so viele Fragen wie möglich richtig zu beantworten.

Die Rätselempfehlung kann nach Belieben angepasst oder erweitert werden, etwa indem eine Zeitvorgabe für die Antwort gesetzt wird.

Viel Spaß beim Rätseln!

Bevor er hauptberuflich Schriftsteller wurde, arbeitete Jules Verne als

Börsenmakler.

Lehrer.

Buchhalter.

Die fantastische Welt von Jules Verne

Welche Kurzgeschichte, die im Jahr 1841 in der „Saturday Evening Post" veröffentlicht wurde, diente Jules Verne als Inspiration für Phileas Foggs Reise rund um den Globus?

Edgar Allan Poe –
Drei Sonntage in einer Woche

Mary Shelley –
Geschichte einer sechswöchigen Tour

Joshua Slocum –
Allein um die Welt

Inspektor Fix und Passepartout besuchen in Hongkong gemeinsam ein Hafenlokal. Als was stellt sich dieses heraus?

- als Glücksspielclub
- als Opiumhöhle
- als Gentlemen's Club

In 80 Tagen um die Welt

Welche dieser drei großen Städte bereist Phileas Fogg auf seiner Reise nicht?

- Paris
- Rom
- New York

Passepartout verstößt beim Betreten der Pagode von Malabar Hill gegen einen religiösen Brauch. Worin besteht sein Fehlverhalten?

Er setzt seinen Hut nicht ab.

Er zieht seine Schuhe nicht aus.

Er verbeugt sich nicht.